LOUIS CHARRIER

PRIX : 1 FRANC

Alger

IMPRIMERIE V. PÉZÉ & Cie, RUE DE LA CASBAH, 4

SEPTEMBRE 1880

LES HIVERNALES

LOUIS CHARRIER

Alger
IMPRIMERIE V. PÉZÉ & Cⁱᵉ, RUE DE LA CASBAH, 4

1880

HEURE DE DOUTE

Dites moi, toi poëte et toi penseur austère
Qui trouvez si petits le monde et ses appas
Amants d'une existence au sein d'une autre sphère
Qui, pour fuir celle-ci semblez presser le pas.

Pourquoi parlant toujours au sourd-muet mystère
Et revoyant la vie à travers le trépas,
Vous interrogez tout, et le Ciel et la Terre
Quand, depuis si longtemps, ils ne répondent pas.

Pourquoi peuplant d'esprits les solitudes mornes
Vous scrutez pour voir Dieu l'immensité sans bornes,
L'horizon de la plaine et l'horizon des mers?

Quand même ces appels, ces espérances vagues
N'amènent que l'orage et que le bruit des vagues
Que les soupirs du Doute et les regrets amers!

ADIEU

Vous devez m'oublier.....

Plus le bonheur est pur plus il est éphémère:
C'est l'onde traversant bois fleuris, bois ombreux
Qui, fugitive court vers la nuit, vers sa mère
Qui va dans l'Océan immense et ténébreux.

Adieu puisque l'oubli doit couvrir ta lumière
— L'oubli, sommeil de tombe ou bien ciel nuageux —
Pour jeter ce linceuil pour sceller cette pierre
Puissè-je être assez fort comme assez courageux.

Adieu, ce mot est dur et pénètre en mon âme
Comme un dard dans la chair comme au cœur une lame
Je tremble en le disant — peut-être sans retour ! —

Lorsqu'il n'a point connu les revers, l'inconstance
Il se prend à pleurer, regrette l'existence
Celui là quitte au matin d'un beau jour !

LA RUINE

Il est dans la montagne un défilé que j'aime
De ses penchants abrupts la tristesse suprême,
Est comme le reflet de toute adversité.

Que de fois le matin, l'après-midi d'été
M'y voit seul accoudé sur le mur qui surplombe
D'une cascade au loin écoutant l'eau qui tombe.

Une ruine en ces lieux se redresse encor fière.
Elle a bravé les ans sous son manteau de lierre,
Et ce combat si long paraît être éternel.

Impassible elle entend le refrain solennel
Du vent qui, dans ses murs, en prolongeant sa plainte
Courbe la pâle iris et la livide absinthe.

Là quelqu'un semble vivre et parler au poëte
De ce que l'Homme espère et de ce qu'il regrette :
De l'Immortalité, des jours qui ne sont plus......

Le poëte avec eux cherche comme un surplus
Au loisir du présent, mirage ou crépuscule
Vers lequel on s'avance et qui, toujours recule.

Comme un soufle d'avril fait tressaillir un saule
Un souvenir heureux le caresse et s'envole
Puis, c'est un être aimé qui l'embrasse en passant.

Ce sont des yeux si doux qu'il pleure en y pensant
C'est tout ce qui fut Lui qu'il revoit triste et pâle
Escorter de la Mort la marche triomphale

LE SOIR DU POÈTE

Au pied du rocher gris que domine l'agave,
Le poëte est assis : il regarde il entend
Le flot qui bat le sable et mêle sa voix grave
Au murmure confus des roseaux de l'étang.

Le site est éloigné ; l'après-midi tranquille
Pâlit les verts buissons des penchants escarpés ;
Déjà l'étang s'endort, sa surface immobile
Réfléchit les coteaux, les feuillages groupés.

Le soleil aux vallons retire sa lumière
Le pâtre qui descend délaisse ses rayons.
A l'abri d'un grand chêne il a vu sa chaumière
Puis il chante le pâtre heureux dans ses haillons.

Mais le poëte est las. Son courage s'efface
Semblable à ce reflet qui meurt dans le lointain,
Et le frisson du soir qui plane dans l'espace
Fait succéder le doute à l'espoir du matin.

Il s'était dit : « Je perds l'aurore et son étoile
Le loisir du jardin, la maison du verger
Mais j'attendrai le soir qui console, qui voile
Le soir ne voit-on pas l'étoile du berger ? »

Et, quand vient ce repos, mirage du poëte
Il est accompagné de soupirs, de regrets....
Ainsi, par un beau jour, lendemain de tempête
Un bateau rentre au port, sans voiles, sans agrès !

A UNE COQUETTE

Femme ne touche pas à l'âme du poëte

Va, laisse-là rêver à Laure, à Graziella...

S'il faut une souffrance à tes tourments de fête

Mutile d'autres fleurs, épargne celle-là.

S'il faut une victime à son regard céleste

Choisis celui qui chante et se plaint tour à tour.

Le poëte n'a pas ce cœur où rien ne reste :

Il ne sait oublier... même un regard d'amour !

Il ne sait pas pleurer comme à l'aube un brin d'herbe

Quelques larmes séchant au premier chaud rayon :

Ses pleurs c'est l'eau tombant d'un mont triste et superbe

Et qui fait au granit un éternel sillon !

DÉTRESSE

Résolu, sans chercher un court moment d'espoir
Qui ne serait au ciel qu'un éclair qui s'allume,
— La nuit ressemble au jour et le jour à la brume —
Je me regarde au cœur comme un spectre au miroir.

Ses doux tressaillements qui savaient m'émouvoir
Ne sont plus qu'un bruit sourd de marteau sur l'enclume :
L'idéal est parti comme une blanche plume
Qu'emporte l'ouragan au fond de l'hiver noir.

Vie, amer océan, quand tout rêve s'efface
De la surface au fond, du fond à la surface,
Pourquoi promènes-tu l'esprit rempli d'effroi ?

N'es-tu pas lasse encor de ce spectacle atroce
De me voir mort-vivant implorer une fosse
Et n'ai-je pas assez de sommeil et de froid ?

DERNIER AMOUR

Il faut un air de fête à l'immense hécatombe,
Il lui faut des chansons, des feuillages, des fleurs ;
La nature a fleuri le chemin de la tombe,
L'enfance sous des chants doit étouffer ses pleurs.

Puis, l'amour apparaît semblable à la colombe
Messagère de paix au moment des douleurs.
On oublie et, peut-être, avant que le jour tombe...
— Mais la vie, elle aussi, fait tant battre les cœurs !

Elle vous tend la main, s'appelle votre amante,
On l'étreint, fasciné par sa voix caressante,
Sa pose langoureuse et ses regards ardents.

Quand tout à coup — terreur ! — On ne voit à sa place
Que les bras décharnés d'un fantôme de glace
Qu'une tête de mort qui vous montre les dents !

LE POÈTE DÉCHU

I

EST-CE donc là celui qui relevait la tête
Bravant les dédains, les revers.
Il chantait, il aimait son âme était en fête
Le bonheur lui dictait des vers.

Mais tout s'est assombri. La nature son livre
Il ne sait plus ce qu'il a dit
Un souffle meurtrier le terrasse, le livre
Au découragement maudit.

C'est un mort qui se meut. Le dégoût, l'amertume
Ont pris son cœur. l'ont déchiré
Il s'est enseveli, puis a brisé sa plume...
Et depuis il n'a plus pleuré !

Dans son triste réduit la mortelle indolence
Lui verse à loisir son poison,
Laisse mourir la voix de l'agile espérance
Au seuil herbu de sa maison.

II

PENDANT sa longue nuit heureux celui qui dort,
Qui n'entend pas le vent comme un serpent qui rampe
Faire trembler sa porte et vaciller sa lampe
Après avoir sifflé dans le noir corridor.

Il a de l'idéal perdu le soleil d'or
Et ne voit plus au mur, du malheur noire estampe
Qu'une ombre, dont la main soutient longtemps la tempe
La soulevant parfois pour se pencher encor.

Est-ce l'ombre d'un mort. D'un squelette est-ce l'ombre
On chercherait en vain dans ce grand profil sombre
Ce qui pouvait parler : les lèvres, le regard...

Ils sont éteints les jours d'amour et de délires
Bouche qui te rendra les baisers, les sourires
Yeux creux qui vous rendra les pleurs et l'air hagard ?

III

Oh ! moi je ne veux pas m'ensevelir ainsi
Je ne veux pas mourir accablé par le Doute
Je veux dire au Destin : « Va continue, merci
Entrave encor ma route.

« Qu'importe qu'ici-bas je ne sois qu'un passant
Un pauvre, un inconnu trainé sur une claie
Lorsqu'en moi je sens battre un cœur compatissant
Un baume pour la plaie.

« Je veux souffrir encor en espérant toujours
Si j'arrive au bonheur que ce soit sans maudire
A des revers nouveaux à de plus mauvais jours
Que je sache sourire.

« Etends, étends, sur moi comme un épais rideau
La triste obscurité qui me cloître, m'isole,
Empêche qu'une main soutienne mon fardeau,
Qu'une voix me console !

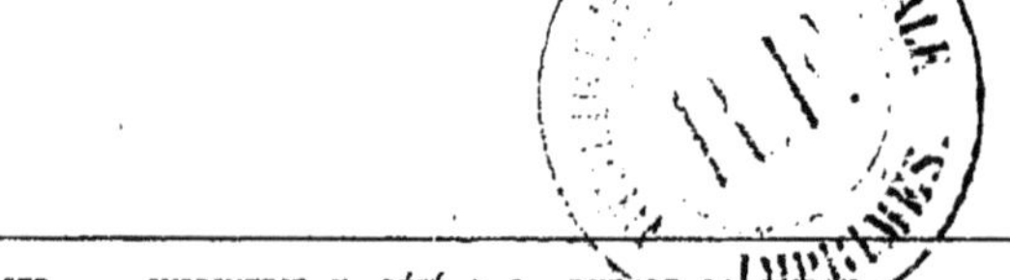

ALGER. — IMPRIMERIE V. PÉZÉ & C., RUE DE LA CASBAH, 4

www.ingramcontent.com/pod-product-compliance
Ingram Content Group UK Ltd.
Pitfield, Milton Keynes, MK11 3LW, UK
UKHW021123230726
13926UKWH00002B/617